暖洋洋广场的伙伴们

奶油
一只野猫

可可
奶油的好朋友

火腿
奶油的好朋友

万宝路
香烟店老板娘养的猫

布丁
奶油最喜欢的朋友

鲑鱼
奶油的好朋友

洋葱
说话很有哲理的大叔

火星
奶油唯一的老鼠朋友

绘声绘色精选图画书

每个人都与众不同

[日]宫西达也 / 著　彭懿 / 译

青岛出版社
QINGDAO PUBLISHING HOUSE

图书在版编目（CIP）数据

每个人都与众不同 /（日）宫西达也著； 彭懿译. —
青岛：青岛出版社， 2021.4
（绘声绘色精选图画书）
ISBN 978-7-5552-5057-9

Ⅰ.①每… Ⅱ.①宫… ②彭… Ⅲ.①儿童故事 – 图
画故事 – 日本 – 现代 Ⅳ.①I313.85

中国版本图书馆CIP数据核字(2021)第040450号

Cream Kimi nara Dekiru sa
© Tatsuya Miyanishi/Gakken
First published in Japan 2002 by Gakken Education Co., Ltd., Tokyo.
Simplified Chinese character rights arranged with Gakken Plus Co., Ltd.
through Future View Technology Ltd.
山东省版权局著作权合同登记号　图字：15-2020-294号

书　　　名	**每个人都与众不同**
丛 书 名	绘声绘色精选图画书
著　　　者	[日] 宫西达也
译　　　者	彭　懿
出版发行	青岛出版社
社　　　址	青岛市海尔路182号（266061）
本社网址	http://www.qdpub.com
邮购电话	0532-68068091
责任编辑	吴欣欣
装帧设计	桃　子
印　　　刷	青岛名扬数码印刷有限责任公司
出版日期	2021年4月第1版　2024年5月第4次印刷
开　　　本	16开（710mm×1000mm）
印　　　张	2.75
字　　　数	35千
书　　　号	ISBN 978-7-5552-5057-9
定　　　价	38.00元

编校印装质量、盗版监督服务电话　4006532017　0532-68068050

呜呜————呜！

火星是奶油唯一的
老鼠朋友。

"火星，你怎么了？"

"呀，奶油，
我的尾巴被流浪狗咬了……"

"流、流浪狗……
好的，火星，
你在这里等我一下。"

"来，咬我的尾巴一口！"

呜呜—————呜！

不跟对方一样，
就理解不了对方的心情。

小·小·的我

地球上的我，

小小的，看不见。

可是这个小小的我……

却托起了大大的地球。

唰啦

加油

"火腿，我最讨厌别人对我说‘加油’了。
因为我就是靠加油才活着的呀。"

"这是实话，奶油。
对一直在加油的人说‘加油’，太奇怪了。"

"对吧！
应该说‘你这么努力，真是太伟大了’。"

"奶油，这样说好。"

"不过，火腿，
你钓到几条鱼了？"

"连一条也……"

"是吗？
那么，加油！"

"……"

每个人都与众不同

“怎么了，万宝路？
你为什么叹气呀？”

“啊，奶油，你多好哇。
不管什么时候，你都不气馁，
大家都喜欢你。
其他人也是……”

"可可，可靠。
布丁，亲切。
火腿，老实。
可是俺……"

"连一个优点也没有……

任性，脾气差，

爱耍威风……

俺也想像你们那样……"

"万宝路，正因为每个人都与众不同才好哇。
而且，每个人都有优点。
你能清楚地说出自己的缺点，
我觉得太了不起了。"

"啊，谢谢你，奶油。
是呀，俺做俺自己……
就好！"

更厉害

轻轻松松

比起毫不费力
就做成了厉害的事，

哪怕做不成也努力去做，
更了不起。

摇摇晃晃

也许会改变

要是生气了，

心情不好，

就去辽阔的大草原——

久久地、久久地

看着天上慢慢流淌的云。

然后，闭上眼睛，
深深地吸一口气，
就会觉得身体里充满了新鲜空气，
心也会焕然一新。
一旦自己改变了，世界也许就改变了……呀。

一定会改变的！

有时候再怎么说，

对方也理解不了。

喋喋不休 喋喋不休

就是理解不了。

可是呀——

有时候什么也不说，

对方就能理解。

有时候互相都理解。

鲑鱼总是在笑。

不管什么时候，它都笑嘻嘻的，

是个开朗的好小子。

我一直都这么以为……

可是，
不管是谁，
都有想哭的时候——

痛苦的时候，
艰难的时候，
寂寞的时候，
伤心的时候……

鲑鱼，你哭出来吧，
放声哭个痛快吧。

多多地流眼泪，
你会更优秀。
你一直都是一个好小子。

闪闪发光

"哇，好漂亮！"

"没有星星是一样的，
星星全都不一样。
这样的一颗颗星星闪闪发光，
才组成了美丽的星空。"

"我说，奶油，你听好了。
这个世界就像星空一样。
没有人是一样的，
每个人都与众不同。
这样的一个个人闪闪发光，
才组成了美丽的世界。"
洋葱大叔的比喻，
我还是听不太懂。

"鲑鱼，你太厉害了。"

"来，奶油，你也跳一次试试。"

"我、我跳不过去。"

"你又没跳，怎么知道跳不过来？"

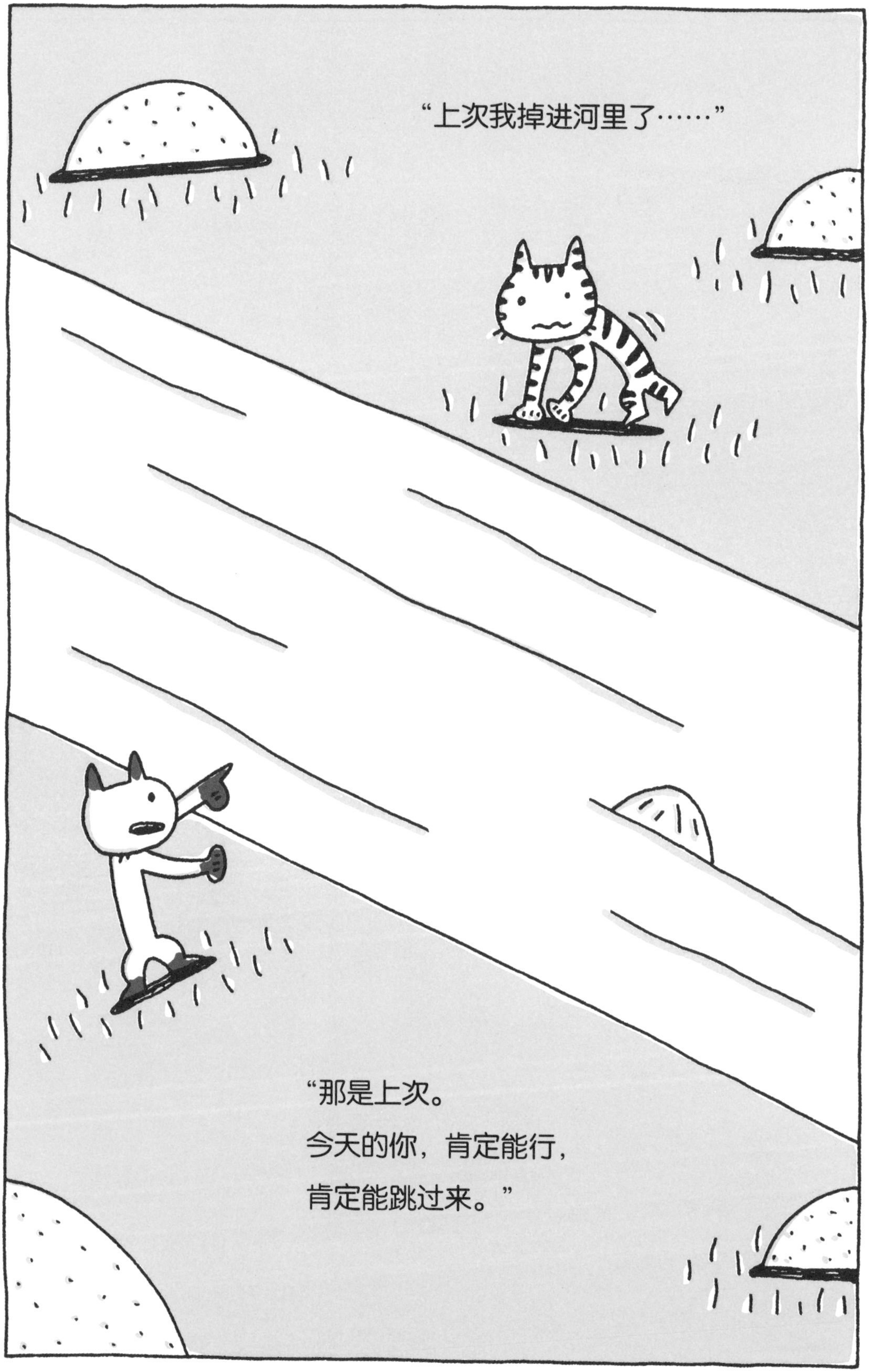
“上次我掉进河里了……”
“那是上次。
今天的你，肯定能行，
肯定能跳过来。”

"好、好吧!
鲑鱼,我试一试。"